目次 *Contents*

春の改札

青い空に
雲がひとつ
うかんでいます

野原に
いちめん
黄色い花が咲いています

こどもと犬が
立ちどまって見ています
こどもは雲を
犬は黄色い花を

絵本のような　美しい国

あちらへ行くには
どこで切符を買えばいいのでしょう

遠い
改札の向こうでは
まだ眠っているものたちへ
目覚ましが
やさしく
鳴り続けています

星夜《せいや》

遠い北の海で
シロクマがくしゃみをする
その音が
風にのって
遠い南の果てのペンギンに届く
ペンギンは首をかしげ
遠くを眺める
（誰か風邪でもひいたのかしら）

だいじょうぶ？

その声が風にのって
シロクマに届く

シロクマは食事の手をとめて
遠くを眺める
（誰だろう？）

誰か分からないけれど
ありがとう、心配してくれて

凍えそうな夜
ひとりで空を見ていると
いちめんの星のどこからか
やさしい声が降ってくる

だいじょうぶ？
ありがとう、心配してくれて

光の贈り物

水をバケツにためるように
昼間の光を
ためておくことができたらなあ
両手でいっぱいすくって
箱に入れ
しっかりとフタをして
夜に
あけると
ぱあーっと部屋中が明るくなるような
そんな箱があったら
遠くまで送ることができるのに
遠くまで
光を届けることができるのに
と

そんなことを考えながら
男の子は
眠りについたのでした

貧しくて
ロウソクも買えず
暗闇でたったひとり
お父さんの帰りを待っている
小さな女の子のお話を読んだ
夜でした

野の花

野原に
ひとり坐っていると
どこからか男の子がやってきて
ぼくのとなりに坐ります
何も言わず
ただ坐っています
ぼくもだまって坐っています
野原には
いちめんに花が咲いていて
だまっていても
ふたりの言葉を伝えてくれます

今までどこにいたの
ずっと　となりにいたよ……

何だかこころが疲れた日
ひとり野原に坐っていると
どこからか
男の子がやってきて
ぼくのとなりに坐ってくれます
だいじょうぶ、ぼくがいるから
と

風のとまった日

風がきて
ぼくの耳にとまる
　ボクにも君のような男の子がいたらなあ
そうつぶやいて
すぐに　とんでいきました
風はなぜ
ぼくにそんなことを言ったのでしょう
ぼくと友達になりたかったのかな

それとも
ぼくとよく似たこどもが
風にも
いたのかなあ

そんなことを考えながら
風の消えてしまった道を
帰っていきました

しずかで
なんだかかなしくなるような
夏の終わりのことでした

呼びながら

生まれて九千年ほど経った頃
亀はふっと
昔のことを
思い出しました
（毎日いっしょに遊んでくれた
　あの男の子
　名前はなんて言ったっけ……）

記憶の映写機をまわし
考えますが
あまりに昔のことなので
思い出せません

首をすくめて
亀は　今夜も
大きな池の
小さな石の上で眠ります
ときどき足がぴくぴくと動くのは
夢でも見ているのでしょうか

コッチヘオイデ
ゴハンダヨ

そんなふうに呼ばれて
走っているのかもしれません
生まれて間もない頃へ
大好きだった
男の子の名前を呼びながら

約束の場所

遠くから
小さなものが歩いてきます
はじめ
黒い点のようだったのが
近づくにつれ
大きくなって
やがて
顔もわかるようになり
そうして
長い時をへて
やっとここに着きました

何も言えずに　見つめていると
その子は
とてもきれいな笑顔で
言いました

ここで　よかった

立ちつくす　その小さな体を
抱きしめて
わたしも
その子に言いました

ずっとここで
君を　待っていたんだよ

扉をあけて

朝がきて
山は目をさまします
まだまわりは暗いけれど
おはよー
と明るい声であいさつします
その声に
あちらこちらから
おはよー　と
元気な声が返ってきます
鳥や
虫
牛や馬
電信柱やポスト

少し遅れて　遠い海からも
おはよー
と返ってきます

人間には聞こえないくらい小さな声ですが
朝は
たくさんの　おはよー　で
あふれています

まだ起き上がれないでいる
昨日のかなしみにも
おはよー　は届きます
だいじょうぶ　急がなくてもいいんだよ
とやさしく
その胸の扉をあけて

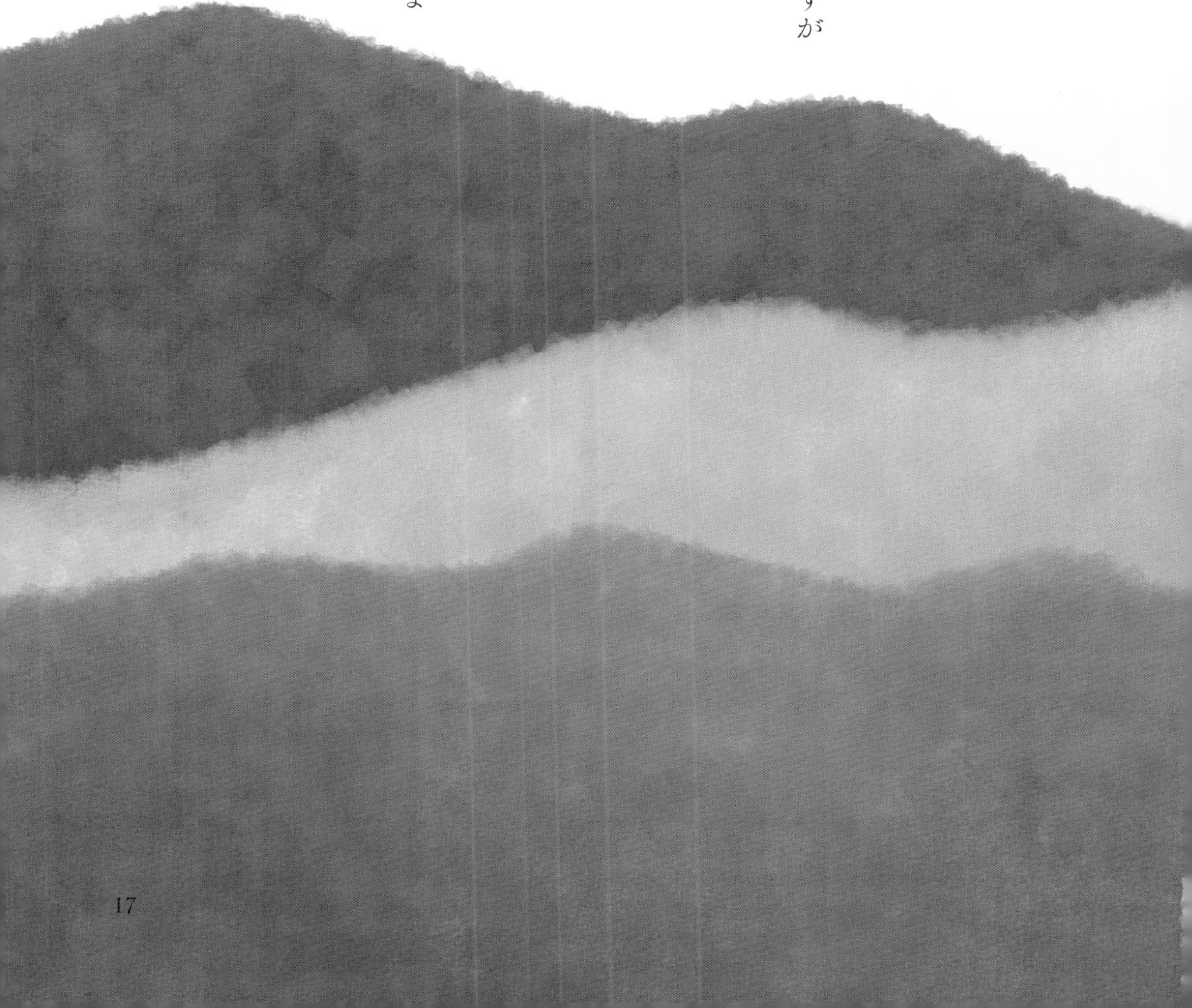

ピクニック

今日はとてもよい天気
お弁当をもって出かけましょう
バスに乗って
電車に乗って
海の見える丘についたら
草の上にシートをしいて
お弁当を広げましょう
おにぎりに　カマボコに
大好きなたまご焼きもはいっています
こどもたちは
あっというまに食べおわり
草の上を走りまわって遊んでいます

広い空を
雲が流れていくように
あの子たちもいつか遠い町へ行き
この日のことを
なつかしく思い出す日が来るのでしょうか

たとえば
今日のようなよく晴れた日に
こどもたちをつれ
どこか海の見える場所に行ったとき
ふっと思い出すようなことが
あるのでしょうか
なんだか昔
こんなふうなことがあったな　と
今　わたしが
思っているように

初出一覧

春の改札	「安穏」6号	二〇一〇年三月
星夜《せいや》	「安穏」3号	二〇〇八年秋
光の贈り物	「安穏」5号	二〇〇九年九月
野の花	「安穏」4号	二〇〇九年四月
風のとまった日	「交野が原」79号	二〇一五年九月一日
呼びながら	「安穏」7号	二〇一〇年九月
約束の場所	「安穏」8号	二〇一一年三月
（二〇一一年三月十一日　東日本大震災発生）		
扉をあけて	「安穏」9号	二〇一一年九月
ピクニック（原題「永遠」）	「安穏」10号	二〇一二年三月

「安穏」について

親鸞聖人七百五十回大遠忌《だいおんき》（二〇一二年一月）の法要を盛り上げるため、浄土真宗本願寺派（西本願寺）が二〇〇七年から二〇一二年まで年二回、計十回発行した新聞。

ここに収めた詩は、その巻頭を飾る詩を依頼され、毎回、縁、いのち、つながり、かがやきなどのテーマにそって書いたもの。1号の詩「秋の手紙」は全体の統一を考慮して割愛。2号の詩「新緑」は既刊詩集『雲の映る道』に「初夏」と改題して載せたため省いた。